Gulliver Taschenbuch 479

EX LIBRIS
Kathrin Faßbinder

Von König
zum 40. Geburtstag

Jürg Schubiger

Mutter, Vater, ich und sie

Erzählung

Bilder von Rotraut Susanne Berner

BELTZ
& Gelberg

ERSTES HEFT

Als ich auf die Welt kam, war die Welt schon da. Alles war vorhanden, die ganze Wohnung, Tisch, Stühle, Betten, Spültrog, Wasserhahn, die ganze Einrichtung. Alles war gut ausgedacht und eines passte zum andern.

Auch die Birke im Garten war da – überhaupt die Bäume. Die hätten ja noch fehlen können. Oder es wären erst Tannen gewesen, keine Buchen, keine Apfel- oder Birnbäume, keine Kirschbäume, keine Pflaumenbäume, keine Zwetschgenbäume. Oder zum Beispiel keine Katzen, aber Hunde. An der Stelle, wo im Augenblick unsere Katze liegt, wäre bloß ein Streifen Sonne auf dem Sims gewesen.

Auch Vater und Mutter waren schon da, als ich kam. Ist doch klar, sie hatten mich ja bekommen. Meinen Vater erkannte ich am gelben Schnurrbart. Meine Mutter einfach so. Ich brauchte gar nicht erst zu fragen, wer die Person mit der Brille sei, die mich auf dem Arm trug. Sie wusste natürlich, dass ich ihr Kind war, wusste auch, wie ich heiße, und so weiter. Sie war gut auf mich vorbereitet.

Wir freuten uns einander kennen zu lernen.

Was bei meiner Geburt noch fehlte, war die neue Musikanlage. Auch das Bett meiner Schwester, weil sie selber noch fehlte. Sie heißt Anna. Ich nenne sie manchmal bloß *sie*. Zum Beispiel, wenn Mutter fragt, wer denn hier schon wieder mit dem Telefonhörer gespielt hat.

Wo ist etwas, das noch fehlt? Meine Schwester, die sich noch nicht einmal in Mutters Bauch befindet? Wenn ich länger darüber nachdenke, wird mir schwindlig. Ich will die Frage für Vater aufsparen, er liebt solche Denkaufgaben.

Welche Bäume, welche Tiere fehlen noch auf der Welt? Das ist eine weitere Frage. Und wie werden sie zu ihren Namen kommen?

Man kann niemanden dahin zurückschicken, wo er herkommt. Man muss warten, bis er stirbt. Wenn meine Schwester stirbt, verschwindet wohl auch ihr Bett. Alles wird wieder wie vorher. Nur die Musikanlage, die bleibt natürlich da.

Nichts gegen meine Schwester. Nur manchmal regt sie mich eben auf. Mutter sagt, sie würde sie nie mehr hergeben. Vater würde sie, denke ich, auch nicht hergeben. Ich auch nicht. Außerdem gibt es wohl niemanden, der sie nähme.

Ich war ganz klein, als ich auf die Welt kam. Alles an mir war klein, Hose, Pullover, Kappe, Kopf und vor allem Hände und Füsse. Die große Zehe war so klein wie eine kleine Zehe, die kleine Zehe war so klein wie eine sehr kleine Zehe. Ich musste ja erst noch wachsen. Vater und Mutter hatten schon ihre richtige Größe. Natürlich sind auch sie einmal klein gewesen.

Man sieht aber nicht mehr viel davon. Manchmal stelle ich mir zwei winzige Eltern vor wie zwei Reisende auf dem Bahnsteig einer Spielzeugeisenbahn. Sie stehen neben ihren Koffern. Ich winke ihnen.

In der Welt passt alles zusammen und nirgends ist eine Lücke. Die Nase passt zur Brille, der Mund passt zum Löffel, der Hintern passt zum Stuhl. Die Fische passen ins Wasser, die Vögel in die Luft, die Kühe auf die Wiese, die Menschen passen in die Kleider, in die Häuser und in die Betten. Die Nacht passt zum Schlaf und der Tag zum Wachen. Die Wörter passen zu den Dingen. Es ist schön, sich das alles vorzustellen.

Mutter sagt, manches passe auch nicht zusammen. Es gibt Kühe ohne Wiese und Menschen ohne Kleider, ohne Häuser und Betten. Ich weiß, dass es so ist, aber ich kann gar nicht richtig daran denken. Wenn ich es könnte, ich würde auf der Stelle umkommen vor Mitleid oder so etwas.

Meine Füsse passen nicht in Vaters Schuhe. Meine Schwester passt nicht zu den Büchern, da sie noch nicht lesen kann. Ich passe nicht zum Rasierapparat. Erwachsene passen in die Welt, Kinder noch nicht ganz. Darum müssen Kinder zur Schule und überhaupt erst erzogen werden.

Als ich sagte, sie passe nicht ganz zu uns, fragte Mutter: Wer?

Sie, sagte ich. Meine Schwester heulte. Sie hasst es, wenn ich über sie rede.

IN DER WELT
PASST ALLES
ZUSAMMEN
UND NIRGENDS
IST EINE LÜCKE.

Die Frauen passen zu den Männern und die Männer zu den Frauen. Beide passen. Manchmal die Frau besser zum Mann als der Mann zur Frau und manchmal umgekehrt.

Onkel Bernhard und Tante Doris haben nie zueinander gepasst. Jetzt sind sie geschieden. Sie haben mich immer erschreckt, vor allem ihre Freundlichkeit, die auf beiden Gesichtern gleich aussah. Seit sie nicht mehr beisammen sind, ist jeder auf seine Art freundlich.

Reto, der in unserer Straße wohnt, passt genau in seinen Rollstuhl. Er wird aber nie ganz auf die Straße passen. Oft fürchte ich mich vor ihm, aber nur ein paar Sekunden. Unheimlich sind dann nicht seine gelähmten Beine, sondern dass er lacht wie wir, dass er spricht wie wir, dass er einen Bleistift hält wie wir, ist unheimlich. Wenn er ist, wie wir sind, können am Ende auch wir sein, wie er ist. Und das wollen wir natürlich nicht.

Manchmal tut er mir leid. Wenn er wegfährt und ich rufe ihm noch etwas nach und er kann sich in seinem Stuhl nicht nach mir umdrehen, dann tut er mir leid.

Ich mag ihn nicht besonders. Aber ich müsste ihn mögen. Behinderte Menschen muss man mögen.

Die Wörter passen zu den Dingen. Und zwar so gut, dass man meistens gar nicht darüber nachdenkt. Das Wort »Auge« zum Beispiel. Ich kann mir kein besseres denken. »Auge« passt zu einem großen, offenen Auge, das glänzt. Mutter kennt Wörter aus anderen Sprachen, die alle auch »Auge« bedeuten. Wenn ich sie höre, kann ich mir aber kein richtiges Auge vorstellen, immer ist es ein schiefes oder trübes oder geschwollenes Auge.

Das Wort »Sonne« ist irgendwie sonnig, das Wort »Mond« ist irgendwie mondig. Englisch heißen sie »sun« und »moon«. Nicht schlecht, aber etwas zu kurz. Die englischen Wörter hören auf, bevor sie ganz fertig sind.

Passen die englischen Wörter nur zu den englischen Dingen? »Popcorn« passt zu Popcorn.

Was geschieht, wenn wir lügen? Ist die Sprache dann falsch? Wenn es eine Sprache gibt, in der man nicht lügen kann, lerne ich sie. Wenn es eine Sprache gibt, in der man lügen kann, ohne dass es jemand merkt, lerne ich sie auch.

ALS ICH REDEN LERNTE, WAR ES WINTER.

Als ich reden lernte, war es Winter. Von einem Tag auf den andern konnte ich »Brot« sagen und »Tschüss« und vieles mehr. Draußen schneite es. Ich kannte den Schnee noch nicht. Mutter sagte: Das ist Schnee. Vater wollte es genauer haben: Pulverschnee. Das Wort »Schnee« war schon schwierig genug. Aber es gab ein schönes Gefühl, ein Schneeballgefühl, ein Schneeweißgefühl, wenn man es nachsprach. Und man lernte dabei etwas kennen, nämlich den Schnee.

Wir gingen in den Garten hinaus unter den Flockenhimmel. Schnee! Schnee! Ich rief das Wort immer wieder, das weiße, flockige Wort, immer weiter, solange es weiterschneite.

Das alles stelle ich mir vor in meinem Kopf. Den Schneemann, der später im Garten stand, und die Schneefrau, und wie ich vor Freude den Schluckauf bekam. Ich weiß noch genau, wie alles gewesen ist. Ich weiß es sogar genauer, als es gewesen ist.

Weil in unserem Garten eine Birke wächst, lernte ich früh das Wort »Birke«. Ich glaubte, damit sei nur dieser eine Baum gemeint. Als meine Schwester reden lernte, nannte sie alle Bäume »Birke« und alle Tiere nannte sie »Katze«.

Wir probierten ihre Sprache aus, Vater, Mutter und ich. Alles Geschirr hieß nun einfach »Teller«, alle Möbel hießen »Stuhl«. Und für alles, was vom Körper absteht, auch die Finger, die Zehen, hatten wir nur das Wort »Ohr«. Ich fragte meine Schwester, ob sie noch Wasser möge, und zeigte auf die Milch. Sie schrie: Nein! Sie spielte nicht mit, sondern versteckte ihren Kopf an Mutters Brust. Dabei war es ja ihre Sprache, die wir ausprobierten.

Meine Schwester hasst es, wenn ich ihr etwas wegnehme, auch wenn es etwas ist, das einmal mir gehört hat, zum Beispiel das Dreirad.

Sie hat Lärm in unsere Familie gebracht. Bevor sie geboren wurde, hatten wir Ruhe. Mutters Bauch war damals unglaublich, aus hellem Fleisch und kugelrund. Meine Schwester hat diesen Bauch natürlich nie gesehen. Sie findet es ungerecht. Immer wieder muss ich ihr zeigen, wie groß er gewesen ist. Das sieht dann ziemlich übertrieben aus. Der Bauch selber war ja auch übertrieben.

Als meine Schwester eine Puppe in ein Kissen wickelte und in ihre Hose schob, platzte an der Hose etwas auf.

Heute hat es lange geregnet. Mutter stand nahe am Fenster. Der Regen fiel an ihrem Gesicht vorbei. Ich fragte sie, worüber sie nachdenke. Sie sagte: Über das Frieren.

Meine Schwester rief, den Kopf tief im Puppenwagen: Dann zieh dir eine Jacke an.

Ich versuchte ebenfalls über das Frieren nachzudenken. Was ich dachte, weiß ich nicht mehr. Die Gedanken selber waren irgendwie kalt. Über das Frieren denkt man wohl am besten im Winter nach und über das Schwitzen im Sommer.

Man kann über alles nachdenken.

Mutter will manchmal weg und manchmal geht sie auch, meist in den Süden. Dass es sie wegzieht, hat mit dem Frieren zu tun. Vater friert nie. Er hat immer die richtige Temperatur.

Ich verstehe Mutter nicht. Haben wir denn nicht alles, was wir brauchen? Das heißt, ich verstehe sie schon. Zeitweise. Wenn ich sie aber verstehe, bekomme ich Angst, dass sie einmal nicht mehr zurückkehrt, und wenn diese Angst da ist, dann verstehe ich sie überhaupt nicht mehr.

Heute kam so ein Brief mit dem Bild eines hungrigen Kindes mit einem Einzahlungsschein. Meine Schwester schaute das Bild lange an. Sie zeigte mit ihrem hellen Finger auf das dunkelgraue Gesicht und fragte: Was ist das?

Ich sagte: Ein Kind.

Nein, sagte Anna. Sie hielt es wohl für ein dunkles Tier, was sie sah, ein Äffchen.

Ein Kind, wiederholte ich. Ein Kind, das verhungert.

Anna wischte das Blatt zu Boden und lief davon. Ich hörte sie noch einmal nein sagen.

Doch, rief ich ihr nach. Und das Kind ist jetzt tot!

Anna schrie aus der Küche: Nein! Nein!

Ich fürchte mich ziemlich vor diesen nackten Kindern, vor diesen Bäuchen, dieser staubigen Haut, diesen Augen. Darum schaue ich gar nicht ganz hin oder nur kurz, kaum eine Sekunde. Aber es hilft nichts, denn *sie* schauen *mich* an, wenn ihr Bild einmal im Haus ist, stundenlang. Ich würde alles tun, damit sie mich nicht so anschauen.

ZWEITES HEFT

Vater hieß mich aus dem Keller ein Glas Zwetschgenkonfitüre holen. Ich hatte keine Lust. Am Sonntag habe ich nie Lust auf so etwas.

Keine Lust, fragte er, was ist das? Kein Bier im Kühlschrank ist ein Kühlschrank ohne Bier, kein Fuchs im Wald ist ein Wald ohne Fuchs. Und keine Lust in dir? Ist ein Du ohne Lust – wie eine Tasse ohne Kaffee, eine Garage ohne Auto?

Vaters Fragerei machte die Sache nicht besser, sondern schlechter. Keine Lust, sagte ich, auf nichts. Ich mag keine Zwetschgenkonfitüre holen und keine essen, auch kein Brot, keine Butter essen, keine Fragen hören, nichts.

Kein Brot, sagte meine Schwester und schob ihren Teller mit dem Butterbrot von sich weg. Ich stieß sie in die Rippen. Sie heulte. Vater nahm sie auf die Knie.

Wenn du keine Lust hast, was hast du dann? fragte Mutter.

Eine Wut, sagte ich.

Mutter nahm mich beim Arm, aber ich machte mich los. Lieber sterben, als jetzt gehalten werden. Lieber allein in einem Schneesturm oder in einem Sandsturm umkommen. Ich stellte mir meine Eltern vor, mit Polizei und Krankenwagen, die im Sturm nach mir riefen. Ich gab keine Antwort, ich war ja tot. Ich war erstickt, erfroren oder sogar verblutet. Sie suchten mich stundenlang. Endlich fanden sie mich. Katastrophenhunde hatten mich ausgescharrt. Ich blieb ganz steif, als man mich nach Hause trug. Hier tat es mir dann leid nicht mehr am Leben zu sein. Ich weinte mit meinen Eltern über meinen Tod. Sehr schön war das.

Ich weinte richtig. Ich meine, nicht nur draußen im Sturm, auch hier, heute morgen, in unserer Küche. Mutter hielt mich. Keine Ahnung, wie ich in ihre Arme gekommen bin. Sie weinte nicht, sie lachte eher.

Gegen Abend erschreckten wir unsere Großeltern. Wir saßen in ihrem Garten und spielten das »Keine-Spiel«. Wir stellten uns vor, es gäbe hier keine Johannisbeersträucher. Wir dachten uns auch den Salat weg und so weiter. Meine Schwester zeigte auf den Rasenmäher und sagte: kein Rasenmäher, dann zeigte sie auf die Großmama und sagte: keine Großmama.

Großmama lachte nicht. Sie fragte, ob das jetzt das Neueste

GEGEN ABEND ERSCHRECKTEN WIR UNSERE GROSSELTERN. WIR SASSEN IN IHREM GARTEN UND SPIELTEN DAS "KEINE-SPIEL."

sei. Großpapa sagte: Keine Anna, indem er auf meine Schwester zeigte. Mit dem Zeigefinger stieß er fast an ihre Nase. Anna machte ein schiefes Gesicht und schwieg.

Großmama und Großpapa sind die Eltern meines Vaters. Die Mutter meiner Mutter ist keine richtige Großmutter. Wir nennen sie Judith. Jean, ihr Mann, der Vater meiner Mutter, ist längst gestorben, umgekommen bei einem Autounfall. Es gibt ein Foto von ihm, wo er auf Judiths Balkon sitzt, in ihrem Lehnstuhl, und lacht. Niemand hatte da schon eine Ahnung. Auf dem Foto sieht er aus wie ein Gast.

Judith lässt uns ziemlich alles machen, was uns einfällt, und plötzlich ist es ihr dann doch zu viel. Großmama und Großpapa lassen uns weniger machen, aber sie hüten uns immer, wenn es sein muss. Wir haben sie gern, meine Schwester und ich. Judith müssen wir erst noch besser kennenlernen.

Ich habe geträumt von einem mageren Kind. Seine Augen waren rund und geschlossen. Ich fragte, ob es tot sei. Es sagte laut nein – in einer afrikanischen Sprache, die ich aber verstand.

Immer ist irgendein Wetter, überall auf der Erde. Hier gibt's Hochnebel heute. Er hängt so hoch, dass man meint, das Weiß sei die Farbe des Himmels.

Ich habe über das Wetter nachgedacht, über den Wind, die Wolken und was sonst zwischen Himmel und Erde vorgeht, über unseren Köpfen. Es kommt von weit her, vom Ozean, von Russland, und zieht weit fort über andere Köpfe hinweg und verändert sich unterdessen. Um mir das alles vorzustellen, muss ich es in Gedanken klein werden lassen. Sonst sehe ich ja nicht weiter als bis zur nächsten Hauswand und für das Wetter ist das nicht weit genug. Ein Katzenfloh, der das Fell der Katze studieren wollte, in dem er drinsitzt, müsste dasselbe tun. Er müsste sich eine Landkarte des Fells ausdenken.

Gibt es Menschen, die sich das Große vorstellen können, ohne es zu verkleinern? Das ist vermutlich eine schwierige Frage.

Ich frage gern und Vater antwortet gern. Meine Fragen sind kurz, seine Antworten sind viel zu lang.

Ist das mein Leben? Diese Frage hat Mutter gestellt. Sie sei so ungeschickt, hat sie zu Vater gesagt, als probiere sie das

GIBT ES MENSCHEN, DIE SICH DAS GROSSE VORSTELLEN KÖNNEN, OHNE ES ZU VERKLEINERN?

Leben einer anderen Frau aus. Das eigene Leben müsste ihr doch besser gelingen.

Wenn *ich* diese Frage stelle, bin ich sofort wie in einem Film. Ist das mein Leben? Ich spiele einen Jungen, der sich diese Frage stellt. Seine Mutter sitzt neben ihm. Die beiden haben geredet, jetzt schauen sie durch ein Fenster. Es regnet.

Mein Film gefällt mir. Er könnte ebenso gut mein Leben sein.

Mutter verschluckte sich, als ich ihr den Film erzählte. Sie bekam ein glattes Gesicht wie eine Heilige. Sie sagte: Wenn ich in deinem Film die Mutter spiele, dann frage ich mich nicht mehr, dann ist es ganz mein Leben.

Sind wir nicht mehr oder weniger kompliziert, meine Eltern und ich? Komplizierter als Wengers zum Beispiel? Wengers sind unsere Nachbarn. Bruno Wenger geht mit mir zur Schule. Er ist mein Freund. Wenn Bruno fragt, warum die Katzen ihre Haare verlieren und die Mäuse nicht, sagt sein Vater: Das ist einfach so. Damit meint er, dass er im Moment keine Zeit hat.

Mit Bruno und Beat spiele ich manchmal Indianer. Einer muss abwechselnd ein Weißer sein, ein Cowboy oder ein Soldat oder ein Fellhändler. Wir kämpfen dann. Die Indianer gewinnen fast immer, weil sie zu zweit sind.

Am meisten bin ich ein Indianer, wenn wir bloß sitzen und in die Weite schauen. Ich denke dann nichts Besonderes, nur dass ich eben ein Indianerjunge bin. Ich habe indianische Beine, ich spüre sie, auch die Hände, beide indianisch, den Atem, und ich schaue mit Indianeraugen zwischen den Bäumen hinaus. Den zweiten Indianer, gestern war es Bruno, beachte ich besser gar nicht. Ich verliere sonst das Indianergefühl. Er macht zwar ein ernstes Gesicht, aber das ist dann schon alles Indianische. Außerdem redet er viel zu viel und dann noch auf Deutsch.

Reto wäre gern mit dabei gewesen. Im Rollstuhl geht nicht, sagten wir. Aber wir einigten uns, er könne sich irgendwo hinlegen und ein sterbender Krieger sein. Das wollte er nicht. Er wollte zuerst kämpfen, dann eventuell sterben, wenn er besiegt war. Später sahen wir ihn mit einem Stirnband, in das er Vogelfedern hineingesteckt hatte. Er glich mehr einem Vogel als einem Indianer, einem invaliden Vogel. Das geht wirklich nicht.

Die Indianer, über die wir in der Schule reden, kommen mir vor wie Nachahmungen von Indianern. Schulindianer. Dann aber interessieren sie mich doch. Vor allem die Stämme, die betrogen und ausgerottet wurden. Wenn ich mir das alles genau vorstelle, fühle ich mich selber wie ausgerottet. Ich spüre eine kahle Stelle mitten in der Brust.

Über richtige Indianer redet man nicht stundenlang.

Großmama ist krank. Man weiß noch nicht, was es ist. Wahrscheinlich Krebs. Vater telefoniert nun schon seit einer Ewigkeit mit Onkel Bernhard. Das ist sein ältester Bruder.

Großmama hat ein Geschwür auf der Leber. Wenn es Krebs ist, wächst es immer weiter. Gesunde Zellen vermehren sich nur, bis alles seine richtige Größe hat. Ist ein Finger beispielsweise einmal ausgewachsen, so wächst nur noch der Fingernagel. Krebs ist wie der süße Brei im Märchen, der aus dem Töpfchen überläuft und zur Haustür hinaus, der nicht mehr zu stoppen ist, der das ganze Dorf zudeckt.

Großmamas Blick ist langsamer geworden. Wo er einmal angelangt ist, bleibt er eine Weile. Ich weiß nicht, ob sie mich sieht mit diesem Blick oder ob sie mich nicht sieht. Es ist dann anstrengend ernst zu bleiben.

Ich stelle mir Großmamas Leber vor. Alles Übrige ist noch gesund und gut erhalten. Nur gerade die Leber nicht. Kann die Gesundheit rings um die Leber herum nicht ansteckend sein?

Heute schien die Morgensonne in meinen Teller. Der Schatten in der Tasse war so schwarz wie Kaffee.

Man kann das Licht nicht anfassen. Es fällt auch niemandem ein, das zu tun. Es fällt nur der Katze ein. Das Licht glänzt auf der Stuhllehne und wenn man danach greift, hat man bloß einen Schatten in der Hand, und das Licht liegt einem über den Fingern.

Ich wollte den Schatten studieren. Das hatte ich schon lange vor. Ich setzte mich in den großen Schrank im Zimmer der Eltern und zog die Tür zu. Hier war ich mit ihm allein. Ich roch die Kleider und hörte mich schnaufen. Ich schaute geradeaus, zuerst mit offenen, dann mit geschlossenen Augen: zweimal stockdunkel, stockschattig, einmal im Schrank um mich herum, einmal inwendig in mir, unter meinen Lidern.

Was ich vermutet hatte, war richtig: dass der Schatten nämlich mehr kann als das Licht. Er kann hinter die geschlossene Schranktür, in die geschlossene Faust, in den geschlossenen Mund, überhaupt in den Menschen hinein.

Vater, mit dem ich darüber sprach, war anderer Meinung. Der Schatten kann nur gerade das, was das Licht nicht kann: Er kann hinter die Dinge, dahin, wo eben sein Platz ist. Der Platz des Lichts ist davor.

Ich bat Vater sich die Sache noch einmal durch den Kopf gehen zu lassen. Wir setzten uns dann beide in den großen Schrank. Die Kleider hatten wir beiseite geschoben. Der Schatten war anders, jetzt, wo jemand neben mir saß, weniger schwarz und enger. Wir schwiegen.

Nach einer Weile sagte Vater: Angenommen… Ich roch seinen Atem, ich roch das Wort »angenommen«. Er sagte: Angenommen, es würde Wasser in dieses Zimmer fließen, eben jetzt durchs Fenster herein, wir würden auch hier im Schrank nicht lange trocken bleiben. Wir bekämen bald nasse Füsse. Würde draußen aber das Licht angeknipst (Vater machte mit der Zunge das Geräusch des Lichtschalters.)…

…dann geschähe gar nichts, sagte ich.

Richtig, sagte Vater. Das Wasser bewegt sich eben anders als das Licht.

Flüssiger, sagte ich.

Vater dachte vermutlich nach, denn er schwieg. Dann sagte er: Ja. Das Licht läuft wie ein Pfeil, immer gerade. Das Wasser dagegen läuft krumm oder gerade, wie's eben kommt. Es macht auch Umwege, Hauptsache, die Wege gehen nach unten.

Wir saßen in einer schlechten Luft und machten eine lange Pause. Obwohl wir es nicht abgesprochen hatten, war es doch eine Art Wette: Wer hält am längsten aus?

Meine Schwester rief. Sie suchte uns, stand eine Weile dicht vor dem Schrank und ging dann wieder.

Uns war beiden schon ziemlich übel, als Vater die Schranktür aufstieß. Wir atmeten wie die Hunde. Ich hatte gewonnen.

Etwas Neues war im Schrank nicht herausgekommen. Vater bleibt bei seiner Meinung über das Licht und den Schatten. Ich weiß noch nicht, bei welcher Meinung ich bleiben will.

DRITTES HEFT

Wir spielten Schattentheater. Anna war die dicke Prinzessin, Mutter war das Butterbrot, das von der dicken Prinzessin gegessen wurde, ich war der unheimliche Fremde und Vater war ein Pferd, weil er mit der Hand einen Schatten bilden kann, der aussieht wie ein Pferdekopf.

Mutter ist bei solchen Spielen immer wieder etwas anderes, ein Butterbrot, eine Riesin, eine Bücherleserin, die sich nicht stören lässt, ein Fenster, ein Mann. Sie wechselt, wie es ihr gerade passt. Eben war sie noch ein Kinderbett. Man schläft auf ihr und sie fängt an zu muhen. Also ist sie jetzt eine Kuh. Man kann sich nicht auf sie verlassen. Meine Schwester ist meistens die Prinzessin. Ich war lange Zeit ein Indianer, jetzt bin ich der unheimliche Fremde. Vater wechselt die Rollen auch, aber nicht so wie Mutter. Heute war er zuerst ein Pferd, dann ein Motorradfahrer, der wie ein Lehrer sprach. Er ist ja auch ein Lehrer.

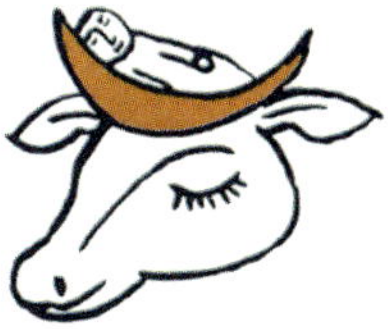

Über meine Schwester schreibe ich nichts mehr. Ich habe es ihr versprochen.

Am Abend ist mein Schatten länger als der Schatten meines Vaters am Mittag und als Mutters Schatten auch. Über das Schättchen meiner Schwester schreibe ich nichts.

Ob ein Schatten lang ist oder kurz, immer fängt er unter den Füßen an. Vorausgesetzt natürlich, dass man steht oder geht. Und immer begleitet er einen überall hin. Nachts, im Stockdunkeln, ist kein Unterschied mehr zwischen ihm und der Nacht.

Als Frau Früh, unsere Lehrerin, vor der Weltkarte stand, stellte ich mir unter dem grünen Pullover ihre Leber vor, die vermutlich gesund ist. Sie fuhr mit der Hand über die großen Meere und lächelte, als hätte sie gar keine Leber.

Großmama geht es schlecht. Was weiß sie von dem, was in-

IM KÖRPER
IST ES
DUNKEL,
UND OBEN
SCHAUT MAN
AUS IHM
HERAUS.

nen in ihr passiert? Sie sieht es ja nicht und sie spürt es auch kaum. Aber es passiert in ihrer nächsten Nähe.

Im Körper ist es dunkel und oben schaut man aus ihm hinaus.

Ich habe angefangen über das Hören nachzudenken, komme aber nicht weiter. Ich fange nur immer wieder von vorn an. Ich höre eine Tür, ein Hämmern von der Baustelle, ein Auto, noch ein Auto, den Bleistift auf dem Papier. Jedes Geräusch wird schöner und klarer, wenn man ihm lange zuhört. Ich horche wie ein Nachttier hinaus mit großen Ohren und höre alles, sogar die Luft, ihr Summen, aber es fällt mir nichts dazu ein. Im Moment gar nichts. Dabei denke ich, dass gerade über das Hören sehr viel zu sagen wäre. Das Hören ergäbe vier, fünf Seiten in diesem Heft. Mindestens.

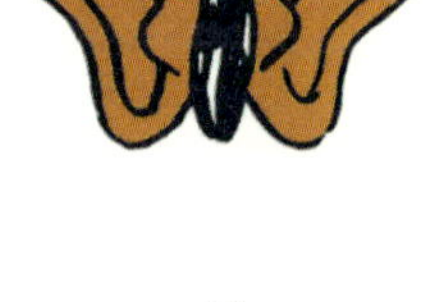

Mir fällt ein Stein vom Herzen, hat Mutter gesagt. Meine Schwester hatte sich verlaufen. Frau Wenger traf sie an einer Bushaltestelle beim Marktplatz und nahm sie mit nach Hause. Das ist alles, was ich über meine Schwester schreibe. Zudem geht es hier gar nicht um sie, sondern um Mutter und um die Steine, die Mutter auf dem Herzen hat.

Letzte Woche lief sie lange in der Wohnung herum. Das tut sie immer, wenn sie daran ist wegzugehen. Sie nimmt Anlauf. Ich gehe, ich gehe, ich gehe, sagte sie.

Ich fragte: Wohin?

Sie sagte: Weg, weg, weg. Sie war aufgeregt, nicht wie ein Huhn, eher wie sonst ein Tier, ein kleineres Pelztier. Sie warf die Kleider durcheinander. Vor dem Schrank lag ein offener Koffer. Bevor sie ging, schaute sie mir lange ins Gesicht. Sie wollte sich wohl merken, wie ich aussah, damit sie mich später wieder erkannte. Es sollte für eine lange Zeit sein, das war klar, sozusagen für immer.

Als ich ihr nachrief: Nimm mich mit! war sie schon auf dem Bahnhof oder im Zug. Ich fing an zu heulen. Ich wollte mich schneuzen und fand kein Taschentuch. Darüber heulte ich erst recht: Kein Taschentuch, keine Mutter, nichts. Nur ein Tisch, Stühle, eine Lampe, die Falten des Vorhangs – ein trauriger Tisch, traurige Stühle, eine traurige Lampe, traurige Falten des Vorhangs. Traurig und ekelhaft. Die Wände sahen aus wie glatt gestrichener Griesbrei. Dazu kam der Ton einer Säge. In der Bäckerei am Ende der Straße wird umgebaut.

Meine Schwester spielte im Garten. Sie kam nass und schmutzig herein um mir beim Heulen zuzuschauen.

Mutter ist beim Bäcker, sagte ich. Dabei war der Laden ja ausgeräumt und verriegelt. Durchs Fenster hatten wir die leeren Gestelle gesehen.

Meine Schwester ging wieder. Sie hatte ihren Bär gewaschen und auf ein Handtuch in die Sonne gelegt. Nun schaute sie nach, ob er trocken war.

Vater nahm sich zusammen. Er war ernst und freundlich, aber zerstreut. Als ich ihn fragte, wie groß ungefähr das Ei eines Dinosauriers gewesen sei, sagte er ja. Er stand herum. Sein Gesicht war durcheinander wie die Sachen, die Mutter zurückgelassen hatte. Er machte Ordnung. Meine Schwester zog den Staubsauger durch die Wohnung und ließ ihn heulen.

Wir kauften eine Eistorte und aßen sie vor dem Nachtessen. Für die Spaghetti blieb kein Hunger mehr übrig.

Dann kam Mutter zurück. Es war schon mitten in der Nacht. Wir hatten sie nicht hereinkommen hören. Sie umarmte uns, fasste uns immer wieder an. Sie hatte wohl nicht damit gerechnet uns wieder zu sehen. Sie weinte und schwitzte hinter der Brille. Vater wärmte die Spaghetti. Er sah erst jetzt richtig traurig aus. Als wir Mutter beim Essen zusahen, bekamen wir wieder Hunger, meine Schwester und ich. Bei mir war es vielleicht auch Wut. Oder Wut und Freude. Wut, Freude und Hunger, alles zusammen.

Wenn Mutter wieder einmal Steine auf dem Herzen hat, bin ich es, der geht.

Hin und wieder fürchte ich, die ganze Welt könnte eines Tages oder eines Nachts vom Erdboden verschwinden. Auch der Erdboden wäre weg: Ich erwache und alles ist verschwunden.

Manchmal liege ich wach, in der Frühe, und getraue mich nicht die Augen zu öffnen. Ich bin allein, keine Welt weit und breit. Ich atme, ich bin der Einzige, der atmet, in dieser vielen Luft. Ich halte den Atem an und spüre den Herzschlag. Tom, tom wie eine Trommel.

Dann höre ich meine Schwester. Sie redet, als sei nichts passiert. *Sie* ist also noch da. Doch was soll ich mit ihr, ohne Welt? Wir beiden sind noch die Einzigen, die Letzten. Dann spüre ich das Bett unter mir. Meine Schwester hat ihr Bett wohl auch noch, sonst würde sie Krach schlagen. Ich höre ei-

ICH BIN ALLEIN,
KEINE WELT
WEIT UND BREIT.

ne Amsel. Sie singt wie gewöhnlich. Das heißt vielleicht, dass sie auf einem gewöhnlichen Ast sitzt. Und dieser Ast muss irgendwie mit einem Stamm verbunden sein und der Stamm mit einem Fleck Erde. Auch unsere Betten müssen irgendwo stehen, auf einem Boden, und der Boden gehört zu einem Haus, ist mindestens zwischen vier Wänden festgemacht.

Jetzt getraue ich mich die Augen zu öffnen. Aber ich öffne sie noch nicht. Jetzt, wo ich fast sicher bin, dass meine vier Wände und die von Anna noch stehen, denke ich mir erst in Ruhe die untergegangene Welt aus.

Wir sind zu Großmama ins Krankenhaus gegangen. Draußen blies ein starker Wind. Die Bäume sahen aus wie in Fahrt. Der Himmel dahinter war blau und fest. Man wunderte sich, dass die Mauern und Laternen nicht flatterten. Drinnen roch es nach Krankenhaus, sogar das Mittagessen, das noch in der Luft war, roch nach Krankenhaus. Es war heiß im Zimmer. Großpapa saß an Großmamas Bett. Er machte uns Platz, damit wir ihr die Hand geben konnten. Ich fragte: Wie geht's? Großmama hatte eben meinen Eltern schon Antwort gegeben: etwas besser heute.

Auf meine Frage drückte sie mir bloß die Hand. Sie hielt sie dann weiter fest, sehr lange, bis sie sich nach meiner Schwester umsah, die auf der andern Seite des Bettes stand und sich nicht rührte.

Im gleichen Zimmer liegt noch eine andere alte Frau, eine mit rabenschwarzen Haaren, blauschwarz wie Rabengefieder. Sie war gepudert und geschminkt, für einen Besuch wahrscheinlich, den sie erwartete. Meine Schwester schaute sie lange an. Da winkte die Frau herüber. Meine Schwester erschrak und blickte zu Boden.

Vom Balkon des Krankenzimmers sieht man über die ganze Stadt. Wir standen am Geländer, Anna und ich, im Wind, der schwächer geworden war, und schauten hinab auf den Parkplatz. Die Autos waren wie Eier, aus denen überall Menschen ausschlüpften. Als Großpapa kam um eine Zigarette zu rauchen, hörten wir auf zu lachen.

VIERTES HEFT

Wir waren im Zoo. Viele Tiere kannten wir schon von früheren Besuchen: den jungen Tapir und seine Mutter, die beiden Riesenschildkröten, den Geier Köbi, den Tomatenfrosch, die Seehundfamilie. Wir kannten alle diese Tiere, aber sie kannten uns anscheinend nicht.

Bei einzelnen Arten wundert man sich, dass es sie überhaupt gibt. Vor allem unter den Vögeln und Fischen sind welche, die etwas Übertriebenes haben. Der Sattelstorch und der Marabu etwa, der Kugelfisch, der Rotfeuerfisch. Auch sie passen in ihre Welt, sagte Vater, wie wir in unsere Häuser und Gärten passen. Es gibt also nicht nur komische Tiere, es gibt auch komische Welten.

Die Tapire dösen und verstellen dabei langsam ihre Ohren und Rüsselnasen. Auch der kleine Tapir. Er weiß schon genau, was ein Tapir zu tun hat. Er braucht es seinen Eltern nicht abzugucken, er weiß es einfach.

Selbst die merkwürdigsten Tiere genieren sich nicht, so merkwürdig zu sein. Sie tun das Merkwürdige wie etwas ganz Gewöhnliches.

Die Spatzen in den Käfigen der Papageien sehen noch gewöhnlicher aus als die Spatzen anderswo, zum Beispiel in unserem Garten. Vater schlug vor, eine Viertelstunde für die ganz gewöhnlichen Tiere zu reservieren. Zuerst sahen wir nichts als weitere Spatzen. Sie tranken aus dem Flamingoteich, hüpften um das Futterbecken der Witwenenten, nahmen bei den Rentieren ein Staubbad. Endlich kamen ein Buchfink dazu und eine Amsel. Meine Schwester sah vor allem kleine Tiere: Fliegen, eine Biene, eine Raupe. Zu den gewöhnlichen Tieren zählten wir auch den Mann, der im Urwaldvogelhaus den Ruf eines Urwaldvogels nachahmte.

Es gibt Gehege, die wie ein Fleck aus einer anderen Welt sind. Um die Bisons herum ist es ein bisschen wie in der Prärie, um die Zebras herum ein bisschen wie in Afrika. Von den Kamelen mit den halb geschlossenen Augen sagte Mutter, sie versuchten sich die Wüste vorzustellen. Das gelinge ihnen beinahe, immer nur beinahe, darum versuchten sie es weiter und weiter.

Der Schopfmakak gleicht einem alten Indianer. Wir lachten, er aber blieb ernst und traurig. Da entschuldigten wir uns bei ihm.

Mutter sammelte komische Tiernamen: Brillenbär, Kudu, Hirschziegenantilope. In unseren Tierbüchern fanden wir dann noch Verrückteres: Wüstenregenpfeifer, Blumenküsser, Pflaumenkopfsittich, Braunmaulmeerkatze, Mondnagelkänguruh. Unsere Katze heißt Hauskatze. Ich weiß keinen besseren Namen für sie.

Vater war in Gedanken. Er sah aus wie ein Tier, das ich nicht kenne, das es aber gibt.

Mutter ahmte einen Flamingo nach. Sie stand im Garten auf einem Bein und mit schrägem Kopf und hielt ganz still. Meine Schwester sah ihr genauso still zu. Als Mutter längst wieder unser gewöhnliches Muttertier war, schaute meine Schwester immer noch wie zuvor. Sie machte ihr Kaninchengesicht. Ein Kaninchen, das plötzlich zu kauen aufhört, das sich nicht mehr regt, nur das Herz unter dem Fell schlägt weiter.

Großmama stirbt. Für eine Operation ist es schon zu spät gewesen. Sie hatte den Mund offen und keuchte.

Meine Schwester stand neben mir. Wir schauten beide auf dieses Gesicht. Anna flüsterte: Wo sind ihre Zähne? Die Schwestern hatten das Gebiss wohl entfernt, damit die Luft besser durchkam. Der leere Mund war schrecklich, auch die Geräusche, aber eigentlich erschrak ich nicht. Es tönte wie aus einer Werkstatt, es pfiff und klingelte sogar. Ich musste lachen. Nur meine Mundwinkel lachten. Immer wieder kamen auch Gedanken, die nicht zu Großmama und nicht zu mir passten. Die Gedanken suchen sich eben nicht immer den richtigen Kopf aus.

Mutter summte Großmamas Lieblingslied: Lustig ist das Zigeunerleben. Sie summte es so langsam, dass ich die Melodie zuerst nicht erkannte. Großmama hörte zu. Vermutlich, denn sie schloss den Mund und atmete ruhiger.

Großpapa saß immer dabei. Die Schwestern gingen um ihn herum. Sie nahmen die Blumen, die wir mitgebracht hatten, und besorgten eine Vase. Großpapa trank Tee aus dem Glas, das für Großmama bereitstand.

Das Bett der geschminkten, rabenschwarzhaarigen Frau war leer.

Vater nahm meine Hand und legte sie in die von Großmama. Ich spürte zweimal einen kurzen Druck. Sonst aber wusste ich nicht, hält sie mich noch oder hält sie mich nicht mehr. Als wir gingen, Mutter, Anna und ich, lagen ihre Hände auf der Decke. Großpapa hatte sie gestreichelt und dann ein wenig zurechtgelegt. Ich erschrak über die grauen Finger. Sie suchten nicht mehr am Saum der Bettdecke herum oder an einem Knopfloch des Nachthemds. Ich erschrak, weil sie so ruhig waren.

Sterben ist normal für alle Menschen, Tiere und Pflanzen, aber nicht für den vielleicht, der gerade stirbt. Für ihn ist Sterben eine Ausnahme. Ich finde nicht das richtige Gefühl

STERBEN IST
NORMAL FÜR ALLE
MENSCHEN, TIERE
UND PFLANZEN,
ABER NICHT FÜR
DEN VIELLEICHT, DER
GERADE STIRBT.

dazu. Vater schon. Er schweigt, schaut aufs Tischtuch, steht plötzlich auf und hat keine Zeit.

Wir haben am Fluss zwei Schwäne vor uns auffliegen sehen. Meine Schwester weinte vor Schreck. Wir waren, ziemlich spät noch, auf einem Rundgang. Es dämmerte und wurde still. Nur einmal regte sich etwas am anderen Ufer. Das trockene Brot, das ich für die Wasservögel mitgebracht hatte, war überflüssig. Die Tiere schliefen.

Ich sah eine Fledermaus. Vater, der sie nicht gesehen hatte, behauptete, es sei keine gewesen. Er war mit Mutter beschäftigt. Sie hatten einander die Arme um die Schultern gelegt. Nur weil Vater traurig ist, muss man ihm doch nicht immer Recht geben. Ich wiederholte: Eine Fledermaus!

Vielleicht eine Fledermaus, sagte Mutter in Vaters Schulter hinein.

Ich warf das ganze trockene Brot in den Fluss und scheuchte damit eine Ente aus dem Gebüsch.

Meine Schwester sagte: Ich will jetzt nach Hause. Mutter hob sie auf und küsste sie mehrmals auf beide Wangen. Sie dachte nicht daran, dass sie sich mit Annas Stiefeln die Hose verdrecken würde.

Mutter und Vater schlafen meistens im selben Bett. Ich habe ein eigenes, meine Schwester auch.

Wir brauchen nachts niemanden neben uns, sagte ich, den wir umarmen können. Wir schlafen lieber.

Meine Schwester war einverstanden: Ja, wir schlafen lieber.

Ich teilte ihr mit, dass Mutter und Vater manchmal noch lange wach bleiben um einander zu streicheln und dass sie das tun, weil sie erwachsen sind.

Anna sagte: Wahrscheinlich sind sie auch weniger kitzlig als wir.

Vater sah kleiner aus als sonst nach Großmamas Tod, wie eingegangen. Auch ich bin vielleicht eingegangen, ich fühle mich so um die Brust herum. Der Arzt, mit dem Vater sprach, ist vorher schon klein gewesen, ziemlich klein, dafür sehr gerade. Wenn die Schwestern ihn etwas fragen, weiß er immer eine Antwort.

Groß blieb am Ende nur die ausgestreckte Großmama.

Großpapa stand wieder auf dem Balkon und rauchte. Ich begriff nicht, wie er noch weiterleben konnte. Er begriff es, denke ich, selber nicht.

Es war windstill. Ein Dunst füllte die ganze Stadt aus. Wenn ein Ast zu wippen anfing, konnte man dort einen Vogel vermuten. Ich stellte mir vor, das Wetter würde nun immer so bleiben. Diese Sonnenscheibe in diesem Dampf, Tag für Tag, Tag für Tag für Tag.

Wir saßen im Wohnzimmer. Vater und Mutter schrieben Adressen auf die Umschläge der Todesanzeigen.
Bei den Trauernden steht auch mein Name und der meiner Schwester.

Anzeigen werden verschickt, wenn man geboren wird, wenn man heiratet und wenn man stirbt. Keine Anzeigen, wenn man von einem Auto fast überfahren wird und noch einmal davonkommt. Manche kommen mehr als einmal davon. Rosemarie, die früher neben uns gewohnt hat, ist jedes Jahr einmal davongekommen.

Meine Schwester fragte vorwurfsvoll: Warum ist nicht Judith gestorben? Sie ist doch auch alt.

Der Pfarrer erzählte das Leben von Großmama. Auch wo sie herkam und zur Schule ging. Sie war ein fröhliches Kind und hilfsbereit. Ich habe nie daran gedacht, dass Großmama auch einmal jung gewesen ist, dass sie ein Leben gehabt hat, in dem Großpapa noch nicht vorkam und mein Vater schon gar nicht.

Dann sprach der Pfarrer von Jesus, wie er gequält und getötet wurde. Gerade dadurch hat er für Großmama den Weg zum Himmel gebahnt. Für jeden von uns. Zur Hölle finden wir den Weg wohl selber.

Vater sah sehr jung aus neben den beiden älteren Brüdern, gar nicht wie ein Vater. Mutter weinte, zuerst an seiner Schulter, dann für sich allein.

Beim Mittagessen im Restaurant sagte Tante Beatrice: Das Leben geht weiter. Viele nickten und sahen dabei bekümmert aus. Dass sie das Wort »Leben« gebrauchte, störte mich. Vielleicht tönt es komisch und vielleicht ist es auch komisch: Es störte mich sehr. Als hätte sie kein Recht auf das Wort, als gehörte es uns allein, Mutter, Vater und mir, auch Anna, wegen all dem, was wir mit diesem Wort schon über das Leben nachgedacht haben.

Marco erzählte einen Witz. Das war am Nachmittag auf der Schulhaustreppe. Wie der Witz anfing, weiß ich nicht, weil ich zu spät dazukam. Ich weiß, wie er aufhörte: mit verschissenen Unterhosen. Alle lachten. Ich fragte: Was? Da lachten sie erst recht. Ich erschrak über ihre Gesichter. Vermutlich lachte ich aber mit. Dann ging ich nach Hause, allein und mit einem leeren Gefühl.

Bin ich anders als die anderen? Sehr oder nur ein wenig? Ich habe zwei Arme und an beiden eine Hand mit fünf Fingern, mit fünf Fingernägeln. Ich habe den Rücken hinten und den Bauch vorn. Und ich denke: Leckt mich am Arsch. Wenn das nicht normal ist.

Vielleicht bin ich nur innen anders, nur da, wo sich das leere Gefühl befindet.

FÜNFTES HEFT

Es gibt Tage, an denen meine Schwester alles fallen lässt, was fallen kann. Heute ist so ein Tag. Bis jetzt, um ein Uhr fünfunddreißig, hat sie Folgendes fallen lassen:

1. ihr Nachthemd (vor dem Bett)
2. einen Löffel (auf den Küchenboden)
3. ein Honigbrot, zweimal (auf den Küchenboden)
4. einen Apfel (im Badezimmer)
5. einen ihrer Schuhe (im Wohnzimmer)
6. sich selber, beim Stolpern über den verlorenen Schuh (im Wohnzimmer)
7. die gestrickte Puppe Waltraut (irgendwo)
8. ein Messer (auf ihren Fuß)
9. heiße Suppe (aus dem Mund, auf den Tisch).

Als das erste Honigbrot auf dem Boden lag, stellte Vater die Frage: Warum fallen die Dinge, wenn man sie nicht festhält? Warum braucht es Nägel, Schnüre, Gestelle, um sie am Fallen zu hindern? Er gab eine lange Erklärung. Das zweite fallende Honigbrot kam ihm dabei sehr gelegen.

Mutter sagte: Denk an die Astronauten. Wir hatten kürzlich über den Weltraum gesprochen. Auf dem Mond haben auch dicke Personen fast kein Gewicht mehr. Das weiß man, obwohl noch keine dicke Person je auf dem Mond war.

Vater sagte: Nichts wäre fest, wir selber wären nicht fest, wenn wir nicht fallen könnten. Wir würden nicht einmal richtig stehen und gehen.

Beim Umgraben im Garten ist Vater auf einen großen Stein gestoßen. Er hob ihn mit beiden Händen hoch und ließ ihn fallen. Das ist die Schwerkraft, rief er. Mit kleineren Steinen machte er dasselbe, dann mit Kieseln im Weg, dann mit der Schaufel, mit den Schuhen und so weiter. Er bekam nicht genug davon. Überall Schwerkraft. Er warf unzählige Dinge auf, um zu beweisen, dass alle fallen. Ich glaubte es schon beim ersten Stein. Man weiß das doch einfach.

Mutter sagte, es gebe Ausnahmen. Jedenfalls könne niemand beweisen, dass es sie nicht gibt, denn niemand könne alle Steine, Schaufeln, Schuhe überprüfen. Mutter mag manchmal einfach nicht dasselbe glauben wie Vater. Ihr merkt es ja gar nicht, wenn einmal ein Stein in der Luft bleibt, ausnahmsweise, sagte sie und schaute hinauf zu den

Wolken, die wie Dampfer hintereinander her schwammen. Sie lachte dabei und meinte es doch vielleicht irgendwie ernst.

Mutters Gedanken sind wie Vögel. Vaters Gedanken sind wie Bäume mit Nestern. Und manchmal ist es umgekehrt, aber selten.

»Schwerkraft« ist das Lieblingswort meiner Schwester geworden. Sie sagt es mit einem deutlichen r, das sie sonst nicht aussprechen kann, und sie braucht es vor allem, wenn sie Blödsinn gemacht hat. Als sie mich mit einer Schere ins Bein gestochen hatte, behauptete sie, es sei die Schwerkraft gewesen.

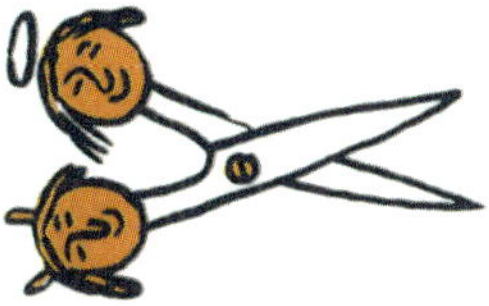

Warum fallen die Dinge ausgerechnet nach unten? Und was ist mit der Erde, fällt die auch?

Woher weiß man, dass es die Kraft der Erde ist, die das Butterbrot fallen lässt? Könnte es nicht ebenso gut die Kraft des Butterbrots sein?

VIELLEICHT GIBT ES MENSCHEN,
DIE GANZ ANDERS SIND, OHNE DASS
WIR ES MERKEN.

Seit einer Woche schreiben wir solche Fragen in ein Buch. Es soll ganz ein Buch der Fragen sein. Antworten sind verboten. Vater sagt dann aber doch, was er dazu weiß oder was er sich ausdenkt.

Wie kommt es, dass verschiedene Dinge gleich sind? Die Steine sind groß und klein, eckig und rund, aber alle fallen, sobald man sie loslässt. Alle sind hart. Alle Tiere sind beweglich. Alle Menschen sind anders als ich, aber alle haben Augen, Nasen, Bäuche. Warum haben auch sie ausgerechnet zwei Ohren, zwei Augen, zwei Beine und bloß einen Mund? Warum nicht zwei Münder, einen in der linken und einen in der rechten Wange?

Warum gibt es überhaupt Gleiches und nicht nur Verschiedenes? Wenn alles verschieden wäre, hätten wir auch verschiedene Sprachen. Jedes Wort in jeder Sprache würde nur zu einem einzigen Ding, einem einzigen Wesen gehören, denn es gäbe ja alles nur einmal: einen Stuhl, einen Tisch, einen Teppich, ein Buch, ein Bett, einen Baum. Es gäbe nur einen Menschen, aber viele Wörter für ihn. Ich wäre vielleicht dieser eine Mensch. Ich säße auf dem einzigen Stuhl am einzigen Tisch und wäre betrübt.

Ist es normal, solche Gedanken zu haben? Gibt es sie auch in anderen Köpfen? Normal ist, was in vielen Köpfen herumgeht. Im Großen und Ganzen bin ich vermutlich normal. Ungefähr wie mein Vater. Nur anders normal als er.

Vielleicht gibt es Menschen, die ganz anders sind, ohne dass wir es merken. Sie gehören nicht zu uns, wissen aber nicht zu wem sonst. Um nicht aufzufallen, tun sie alles, wie wir es tun, genau so. Sie putzen die Zähne wie wir, sie pinkeln wie wir, sie schreiben und lesen, lachen, schlafen, aber nur, weil sie halt mit uns leben müssen. Eigentlich würden sie alles ganz anders tun.

Vater beseitigt die Eselsohren in den Banknoten, bevor er sie in den Geldbeutel steckt. Er schabt den Schimmel von der Konfitüre, er rückt den Kalender gerade, er löscht die Lampe, die unnötig brennt. Mutter hat mich darauf aufmerksam gemacht. Vater beseitigt kleine Mängel. In seiner Nähe merkt man, dass vieles besser sein kann, als es ist.

Wenn er etwas flickt, etwa einen elektrischen Stecker, sieht er aus wie einer, der stark nachdenkt, der sich Sorgen macht – nicht nur über den Stecker, über die ganze Elektrizität. Auch wenn jemand viel redet und er sich Mühe geben muss zuzuhören, sieht er besorgt aus. Zum Beispiel wenn Großpapa vom Geschäft erzählt, das er einmal gehabt hat.

Mit dem Sorgengesicht gleicht er Onkel Bernhard, der den ganzen Tag raucht und lacht und hustet und der zwischendurch ganz plötzlich genau dieses Gesicht macht. Ich sehe dann nur noch die viel zu viele Haut an seiner Stirn. Da ist etwas, das ich nicht verstehe, aber ich weiß nicht was.

Mutter sieht nie aus wie jemand aus ihrer Familie. Wenn ich sie nicht verstehe, fehlt mir etwas. Meine Schwester verstehe ich immer, außer sie spinnt.

Wir wissen nicht, hat Vater gesagt, wie Großpapa sich noch im Leben einrichtet. Ich stellte mir den alten Mann vor, der in ein neues Leben umzieht. Er ist einundsiebzig. Tante Beatrice hat zu ihm gesagt, er sei ja noch jung. Darüber ist er erschrocken.

Mutter arbeitet an einem Roman. Sie übersetzt ihn vom Französischen ins Deutsche. Die Arbeit besteht darin, dass sie in der Wohnung herumgeht und ihre Wörter sucht. Sie horcht zum Beispiel in die Küche hinein. Wenn sie das Wort dort nicht hört, geht sie in ein anderes Zimmer. Oft bleibt sie auch einfach stehen, sie vergisst sich und wohl auch ihre Wörter. Sie steht still wie eine Uhr, die stillsteht. Ist »mutterseelenallein« ein Wort, das zu ihr passt?

Als ich sie einmal fragte, wo meine Seele sei, sagte sie: Da, in deinen Augen.

Die Seele ist unsichtbar, sagte ich.

Sie ist das Sichtbarste an dir, behauptete sie. Eben war die Seele auf deinen Lippen, als du »unsichtbar« sagtest.

Und deine Seele? fragte ich.

Ebenso. Sie taucht auf, wenn du mich anschaust, mit mir sprichst.

Mir ist es wohler, wenn ich mir die Seele innen in der Brust vorstelle. Ich spüre dann deutlich, dass ich sie habe.

Mutter versteht bestimmt etwas von Seelen. Ich wollte aber auch Vaters Meinung hören. Als ich ihn fragte, wo seine Seele sei, sagte er: Keine Ahnung, wo die wieder steckt. Er fragte meine Schwester: Wo ist meine Seele?

Sie sagte: Ich habe sie nicht gehabt, ehrlich.

Vater war dann gleicher Meinung wie Mutter, dass nämlich die Seele etwas Wanderndes ist, das sich versteckt und zeigt, abwechslungsweise.

Mutter ging für eine Stunde hinaus. Zu viel geredet, sagte sie. Ich gehe laufen.

Judith ist wie aus Leder. Auch ihre Seele. Sie ist noch nicht alt und überhaupt nicht mehr jung und trägt einen weiten Rock, der um sie herumschwingt, wenn sie geht. Sie hat sich auch ein Gehen angewöhnt, das dazu passt. Außerdem verwendet sie Wörter, zu denen meine Schwester ein schiefes Gesicht macht. Sie fragt zum Beispiel nicht: Wie geht's? Sie sagt: Hallo, was macht denn die Jungmannschaft? Damit sind wir gemeint, Anna und ich.

Richtig alte Menschen sind anders als Judith. Sie sind eine dritte Sorte neben den Kindern und den Erwachsenen. Wir haben im Zug eine alte Frau gesehen, die einen Knopf ihres Mantels nicht aufbrachte, den obersten Knopf, der ihr direkt unter dem Kinn saß. Sie versuchte es dreimal, viermal, fünfmal, sechsmal, siebenmal, achtmal, neunmal, zehnmal. Ihre Hände zitterten. Man fragte sich, wie es ihr zu Hause gelungen war den Knopf zuzumachen.

Was die Alten gewusst und gekonnt haben, vergessen und verlieren sie nach und nach. Sie verwechseln die Namen und später auch die Personen. Sie lächeln, wenn etwas nicht geht, weil sie sich schämen, und versuchen es weiter. Einmal geht es dann doch noch und einmal geht es dann nicht mehr.

Manchmal meint man, dass einen die Alten hassen. Aber sie sind bloß durcheinander oder besorgt über etwas, das zum Beispiel klemmt oder verstopft ist, ein Fenster oder eine Röhre. Vater hat Recht, wenn er das so sieht, und manchmal hat er auch Unrecht. Es gibt Tage, da sind die Alten voll Hass. Für einen Apfel, den man von ihrem Baum geklaut hat, würden sie einen umbringen, wenn sie nur rasch genug zur Stelle wären.

Das Leben wird ihnen nach und nach zu viel. Sogar das Liegen wird ihnen zu viel, sogar das Pinkeln. Bei den Alten sagt man eher Wasserlassen. Man braucht ein Wort, bei dem mir mehr oder weniger übel wird.

Die Alten hoffen, dass der Doktor sie irgendwie wieder hinkriegt. Bei Großpapa funktioniert alles noch. Ich denke manchmal, wir müssen ihn rasch noch lieben.

SECHSTES HEFT

Die Indianer kennen keine Schutzengel. Manche haben aber Schutztiere, die ihnen und ihrem Stamm eine Kraft geben. Auch wir haben vielleicht solche Tiere. Ich denke es mir gern so aus: Jeder von uns hat sein eigenes Seelentier, und zwar für das ganze Leben, zum Beispiel die Katze, den Maulwurf, die Forelle, die Krähe, die Schlange. Wir wählen diese Begleiter nicht aus, sie wählen uns aus. Sie sitzen schon neben dem Bett, in dem wir geboren werden. Und wenn wir tot sind, bleiben sie tagelang noch in unserem Zimmer. Sie gehen zwischen uns herum wie zwischen Stämmen im Wald. Wir sehen sie nicht, wir kennen sie nicht und doch sind sie da, deutlicher als zum Beispiel der amerikanische Präsident in der Tagesschau.

Mein Seelentier ist vermutlich der Eichelhäher. Großmamas Seelentier muss ein Haustier gewesen sein. Hässliche Menschen haben wohl irgendein Ungeziefer.

Brunos Familie, die Wengers, sind anders als wir. Ich meine nicht, dass sie anders heißen oder anders aussehen oder einfach andere Möbel haben, andere Bücher, andere Pflanzen. Eher ist es der Geruch in ihrem Korridor oder die Art, wie Frau Wenger mit der Post hereinkommt und sie ablegt um die Jacke auszuziehen, oder wie sie nach dem Geschirrspülen ihre Hände mit Creme einschmiert. Eigentlich weiß ich nicht, was es ist. Das heißt, ich weiß es schon, aber ich kann es nicht sagen.

Es ist, als hätten die Wengers sich auf etwas verabredet, als wüssten sie immer, was als Nächstes drankommt. Ich, wenn ich dort auf Besuch bin, weiß es aber nicht. Nach dem Hinsetzen auf den Stuhl kommt für Herrn Wenger immer das Seufzen. Wenn Frau Wenger sich hingesetzt hat, sagt sie: So. Dann kann die Mahlzeit beginnen. Ihr Essen ist, denke ich, so gut wie unseres, ich traue ihm aber nicht ganz. Ich kaue vorsichtig.

Für andere Leute sind auch wir andere Leute. Wir haben uns ein Leben angewöhnt, unser eigenes, das nur uns normal vorkommt. Bei uns riecht es vermutlich auch irgendwie anders als anderswo. Es ist schwer, sich das vorzustellen. Mutter legt das Buch, in dem sie zwischendurch immer liest, mit den offenen Seiten nach unten auf den Tisch oder den Fenstersims oder die Gartenmauer und sie wird wütend, wenn meine Schwester es anrührt. Aber sie legt das Buch weiterhin irgendwo ab und meine Schwester nimmt es weiterhin irgendwo weg, trägt es herum, blättert darin und tut so, als lese sie.

Bei Wengers passiert das nicht. Das ist nur ein Beispiel, und vielleicht ein schlechtes.

Nach dem Abendessen haben wir darüber geredet, über das Anderssein. Über die Art, wie Vater kompliziert die Nase putzt, wie Mutter einen lästigen Gedanken mit der Hand verscheucht, wie ich rascher zu reden anfange, wenn niemand mir zuhört, wie Anna dreinschaut, wenn sie klebrige Finger hat. Wir wissen nur sehr wenig über unser eigenes Leben. Es ist leichter über den Dampfkochtopf oder über die Wengers zu reden als über uns selber.

Wir können unsere eigene Nase eben nicht riechen, hat Vater gesagt.

Wie wir sind, wenn wir anders sind, müssten andere eigentlich eher wissen, zum Beispiel gerade die Wengers. Ich kann sie ja fragen. Aber ich fürchte, sie verstehen nicht ganz, was ich meine. Auch da sind sie anders. Und sie haben immer Senf auf dem Tisch, wir dagegen fast nie.

Wir haben versucht, nicht wie gewöhnlich zu sein. Wir haben am Tisch die Plätze vertauscht. Vater servierte die Kartoffeln im Stehen wie ein Kellner. Mutter hatte einen Hut auf, ich aß mit der linken Hand, meine Schwester aß überhaupt nicht. Sie staunte. Als Mutter zu singen anfing: Nun iss doch, Anna, iss um Himmels willen, heulte meine Schwester los. Es war zu viel für sie. Ihr Heulen machte Vater und Mutter im Handumdrehen wieder gewöhnlich. Mutter nahm den Hut vom Kopf und spielte noch ein wenig damit, Vater setzte sich auf den freien Stuhl.

Ich aß weiter mit der linken Hand. Ich kam mir blöd vor, aber ich hielt durch, allein und darum erst recht. Das Durchhalten war nichts Ungewöhnliches, nur dass ich es mit der linken Hand tat, war ungewöhnlich.

Wir können eben nicht viel anders sein, als wir sind. Wir können nur aus unseren Kleidern, nicht aus unserer Haut heraus.

Wer sind wir? habe ich ins Buch der Fragen geschrieben. Meine Schwester hat ein verkehrtes Fragezeichen hineingemalt.

Weiß ich, wer ich bin? Ich weiß nicht sicher, ob ich weiß, wer ich bin.

Es donnert. Die Katze verdreht ein Ohr. Sie hasst Gewitter. Ich hasse Blumenkohl.

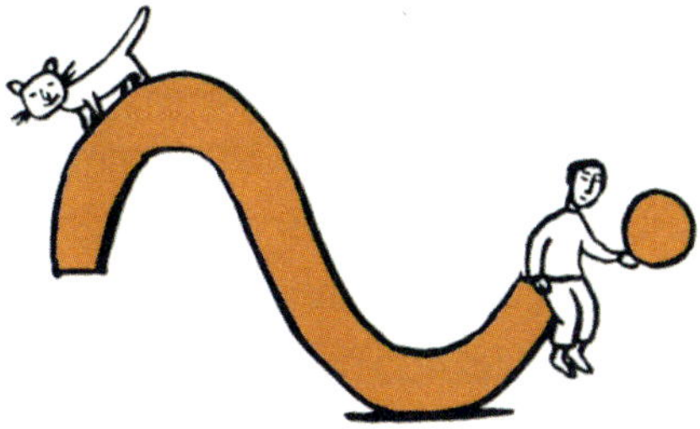

Der Himmel ist wieder frisch und blau. Zwischen ihm und der Erde bewegt sich nur etwas Luft, weiter nichts. Das Wetter ist durchsichtig geworden. Frau Früh sagt: Schlechtes Wetter? Gibt es gar nicht. Das ist ihr Lieblingssatz und sicher auch wahr. Sie sagt ihn aber mindestens einmal pro Woche und dazu mit einem Gesicht, als verrate sie uns ein Geheimnis, jedesmal dasselbe Geheimnis.

Früher hatte ich geglaubt, Himmelblau sei die Farbe des Himmels und fertig. Doch er sieht bloß so aus, so himmelblau, und ich weiß auch, warum. Hinter dem Himmel befindet sich das All, das nicht blau, sondern schwarz ist.

»All« ist das leerste Wort, das ich kenne. Noch leerer als das Wort »leer«. Das Wort »voll« ist voll, aber weniger voll als zum Beispiel »Mostobst«.

Meine Schwester ist in eine Glasscherbe getreten, barfuß, vor unserem Haus. Sie kam hereingelaufen, in die Küche, und hier erschrak sie über ihr Blut auf dem Boden herum. Ich erschrak auch. Mutter war weg, ich wusste nicht, wo. Meine Schwester schrie. Als ich ihr ein großes Pflaster auf die Fußsohle klebte, blutete sie immer noch wie ein Tier. Ich wickelte ihren Fuß mit Verbandsstoff ein. Der Stoff wurde nass und rot. Ich weiß nicht, ob Anna wirklich hätte verbluten können.

Zusehen, wie jemand Schmerzen hat, ist genauso schmerzhaft wie Schmerzen haben. Wer Schmerzen hat, erhält Mitleid, wer zusieht, erhält keins. Zusehen ist also unter Umständen schlimmer.

Anna saß mit eingewickeltem Fuß auf dem Küchenboden und regte sich nicht mehr, wimmerte bloß noch. Die Nachbarin war nicht zu Hause. Ich lief auf die Straße hinaus. Da kam Mutter zurück. Sie war auf der Post gewesen. Sie stülpte sofort einen Plastiksack über Annas Fuß, trug sie ins Taxi und fuhr mit ihr zu Doktor Hess.

Ich selber hatte einmal eine Bauchvergiftung, nachts, mit Krämpfen. Ein solcher Schmerz ist wie ein Loch. Man hat seinen ganzen Kopf darin und kann nicht mehr denken. Sogar das Stöhnen tut einem weh.

Es gibt zweierlei Menschen, Männer und Frauen. Nur zwei Sorten, sagt Mutter, und nicht drei oder vier, weil zwei vollauf genug sind. Die Unterschiede haben mit der Fortpflanzung zu tun. Kinder sind sozusagen die Pflanzen ihrer Eltern.

Bei den Frauen gibt es nicht viel mehr zu sehen, als man eben sieht. Bei den Männern, wo man mehr sieht, ist es ja auch nicht gerade viel. Es gibt interessantere Stellen. Zum Beispiel den Mund mit verschiedenen Zähnen, einer Zunge, einem Halszäpfchen. Aber niemand denkt daran, dem anderen da hineinzugucken, außer dem Zahnarzt natürlich. Nur weil der Mund mit der Fortpflanzung nichts zu tun hat.

Wir haben Zahnarzt gespielt, zwei-, dreimal, mit einem Nachbarmädchen, Rosemarie, die mittlerweile weggezogen ist. Rosemarie hielt ganz still, mit offenem Mund und geschlossenen Augen. Ihre Zunge war weich wie eine Schnecke. Ich musste mich erst daran gewöhnen. Meine Schwester wollte sich auch untersuchen lassen. Sie meinte, das sei ein Vergnügen.

Ich leuchtete mit der Taschenlampe in sie hinein. Als ich mit einer Stricknadel an ihre Zähne klopfte, biss sie mich in den Finger.

Bei den Frauen kommen noch die Brüste dazu. Wir sind eben Säuger. Wir haben aber leider unser Fell verloren. Auf dem Kopf, wo uns ein Rest geblieben ist, wächst nun mehr davon als nötig. Wenn ich einmal einen Bart bekomme, lasse ich ihn mir vermutlich wachsen.

KINDER SIND
SOZUSAGEN DIE
PFLANZEN
IHRER ELTERN.

Vater rasiert sich jeden Tag. Er verrenkt dabei das ganze Gesicht. Wenn ich ihm zuschaue, ihm und seinem Spiegelbild, macht er noch wildere Grimassen.

Sein Spiegelbild sieht aus wie ein Zwilling von ihm. Mein Spiegelbild kommt mir gar nicht verwandt vor, höchstens wie ein Cousin. Im Spiegel steht einer, der eben hereingekommen ist ohne zu klingeln.

Ein Polizeiauto bog in unsere Straße ein. Ich erschrak vielleicht auch ein wenig. Reto erschrak sehr. Wir haben nichts verübt, sagte er, und stieß dabei den Rollstuhl an den Rädern vor und zurück.

Ich fragte: Wieso?

Auch meine Eltern haben nichts verübt. Er sagte das Wort »verübt« mit einem scharfen t wie jemand, der ausspuckt.

Nein, sagte ich, natürlich nicht.

Reto schaute auf seine Schuhe, denen man ansah, dass ein Erwachsener sie ihm gebunden hatte. Das müsste nur die Polizei auch wissen, sagte er. Wie merkt sie, dass mein Vater zum Beispiel kein Mörder ist? Er stieß seinen Rollstuhl weiter vor und zurück.

Wenn die Polizei deinen Vater verdächtigt, sagte ich, kann sie ja jeden verdächtigen, auch dich oder mich.

Eben. Warum tut sie es nicht?

Vielleicht tut sie es.

Mir war ganz komisch geworden. Ich mochte Reto auf einmal. Wahrscheinlich mag ich ihn nun für immer oder für meistens. Ich kann mir ihn jetzt sogar als Indianer vorstellen. Er schießt aus seinem Rollstuhl auf Bruno, Beat oder auf mich. Wenn er selber von einer Kugel oder einem Pfeil getroffen ist, kann er zwar nicht umfallen, sich krümmen und verdreht liegen bleiben. Das ist ein Nachteil. Er kann nur Kopf und Arme hängen lassen. So sieht er nicht sehr indianisch aus, aber wahrscheinlich doppelt so tot wie wir.

SIEBENTES HEFT

Wir haben Vater und Mutter ins Kunsthaus begleitet. Meine Schwester geht wegen dem Kuchen hin, den es in der Cafeteria gibt. Ich eher wegen der Familie. Es ist gut miteinander irgendwohin zu gehen, finde ich.

Vor einem alten Bild oder Gemälde hörte ich Vater sagen: Diesem Kind ist die Mutter gestorben. Er meinte ein schwarz gekleidetes Mädchen hinter einem Sessel, in dem eine alte Frau saß. Das Mädchen tat mir auf einmal unglaublich leid. Dass es ein Gesicht machte, als sei alles fast wieder in bester Ordnung, war das Traurigste daran. Das Mädchen musste sofort wieder Hoffnung haben, der alten Frau zuliebe.

Unterdessen ist das Mädchen ja selber längst tot. Als meine Großmama auf die Welt kam, war es um fünfzig herum, habe ich ausgerechnet, und natürlich kein Kind mehr. Aber das ist kein Trost. Im Gegenteil, ich vermisse das Mädchen. Komisch. Und wenn ich aufschreibe, dass es so ist, vermisse ich es gleich doppelt. Wieso man ein Mädchen, dem die Mutter gestorben ist, auch noch malt, habe ich nicht begriffen. Es musste ja stundenlang da stehen, die Hände auf der Lehne des Sessels, und die Tapete anschauen.

Wieso malt man überhaupt etwas? fragte ich, als wir in der Cafeteria saßen.

Vater tupfte ein paar Kuchenkrumen auf und nickte. Die Frage gefiel ihm. Mutter suchte nach einer Antwort: Vielleicht... Sie wurde gestört von meiner Schwester, die zu ihr sagte: Wenn du tot bist, werde ich auch gemalt. Wir lachten und vergaßen meine Frage.

Mutter sagte: Am besten hat mir heute das Bild mit dem großen Fenster gefallen, das halb offen steht.

Mir nicht, sagte meine Schwester um zu widersprechen.

Ich wusste nicht, was mir besonders gefallen hatte. Erst müsste mir überhaupt klar werden, was einem da alles gefallen kann. Ich nannte einen Schimmel auf einer Wiese, einen Apfelschimmel, Vater zuliebe. Er hatte ein großes Bergbild ausgesucht mit zwei winzigen Wanderern neben einem Wasserfall. Der Maler hieß Wolf. Vater will immer die Namen wissen. Mutter auch. Sie reden über die Künstler wie über gute Bekannte. Nur nennen sie sie nicht beim Vornamen.

Meine Schwester stieß mit dem Kopf an Mutters Brust. Sie wolle lieber nicht gemalt werden, sagte sie durch die Nase. Sie spricht oft durch die Nase, wenn sie etwas nicht will.

Das schwarz gekleidete Mädchen schaut über den Kopf der alten Frau hinweg an eine Wand mit einer geschlossenen Tür. Es spricht Französisch, wenn es überhaupt spricht. Ich habe mir vorgestellt, ich käme durch jene Tür in das Bild herein. Ich könnte nur »Bonjour« sagen, sonst nichts. Aber das Mädchen würde auch nicht mehr sagen als »Bonjour«.

Wir sind mit Großpapa im Wald gewesen. Zweimal haben wir uns auf eine Bank gesetzt, damit er eine Zigarette rauchen konnte. Beim Weitergehen lobte er die gute Luft. Auf der Treppe des Aussichtsturms, halb oben, hielt er sich fest und schnaufte. Ich hatte mehr oder weniger Angst um ihn.

Diese Spaziergänge macht er uns zuliebe, glaube ich. Und wir ihm zuliebe. Der Wald sieht anders aus, wenn er dabei ist. Die Wege sind langweiliger und länger.

Mutter hat wieder Steine auf dem Herzen. Ich sah sie mitten im Zimmer stehen, vor Annas roter Jacke, die am Boden lag. Sie hob die Jacke nicht auf. Wenn sie so ist, darf man ihr keine Fragen stellen.

Nach der Schule machte ich uns einen Tee. Wir saßen in der Küche. Sie erkundigte sich nach meinen Schulaufgaben. Das tut sie nur, wenn etwas nicht stimmt. Und plötzlich schrie sie mich an. Meine Schwester war über meine Schultasche gestolpert.

Dann sagte sie: Manchmal fehlt mir etwas. Es zieht mich fort. Ihre Augen wanderten. Sie hatte, schien es, von allem genug, auch von mir.

Ich war betrübt und sauer. Mehrere Gefühle. Ich wollte gehen. Sie sagte: Bleib da. Nun schaute sie mich an.

Willst du wieder verreisen? fragte ich.

Sie sagte nichts. Sie wusste wohl nicht, was sie sagen sollte. Bisher war sie, bevor sie ging, immer nervös gewesen. Und nervös war sie heute nicht. Das konnte ein gutes Zeichen sein oder ein schlechtes. Oder gar keins.

Ich dachte an ihre letzte Reise. Sie war nach Südfrankreich gefahren. Als sie hier wegging, regnete es und als sie zurückkam, regnete es immer noch. Dazwischen hatte sie aus einem Zugfenster geschaut, stundenlang, hatte sich dann ans Meer gestellt, neben eine Palme oder einen Leuchtturm.

Sie war ziemlich zerzaust aus dem Nachtzug zu uns zurückgekommen. Ich freute mich, aber ich hatte auch

SEHNSUCHT IST VIELLEICHT EINE ANDERE ART VON HEIMWEH. EIN ZIEHEN.

Angst. Ich dachte, dass wir sie hätten verlieren können. Auf deiner letzten Reise hast du dir einen Husten geholt, sagte ich.

Sie erschrak, denn sie war wohl sehr in Gedanken gewesen. Sie lachte und dann weinte sie ein wenig. Dann schnäuzte sie sich und stand auf um Annas rote Jacke aufzuheben. Mindestens einer der Steine war ihr vom Herzen gefallen.

Was Mutter hat, ist eine Sehnsucht. Man braucht das Wort, wenn einem etwas fehlt und man nicht weiß wie man sonst sagen soll. Vater und Mutter reden natürlich darüber. Sie weint dann. Er nicht. Manchmal schreit sie auch. Er nicht. Er geht und setzt sich an sein Pult am Fenster. Mit dem Rücken aber horcht er noch.

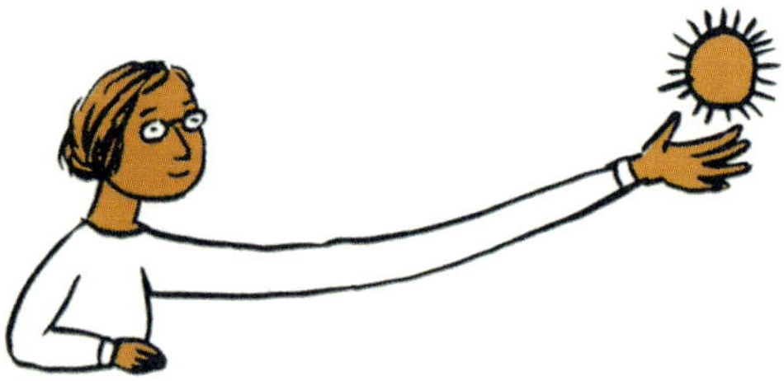

Sehnsucht ist vielleicht eine andere Art von Heimweh. Ein Ziehen. Nur weiß man beim Heimweh, wohin es zieht. Viele Gefühle sind vielleicht eine andere Art von Heimweh.

Über das schwarz gekleidete Mädchen kann ich mir ausdenken, was ich will. Wie ich vor ihr stehe, wie sie mich anschaut. Solange wir schweigen, merkt das schwarz gekleidete Mädchen nicht, dass ich eine andere Sprache spreche. Dann fängt sie auf einmal an mir etwas zu erzählen. Es ist eine endlose Geschichte, vermutlich aus ihrem Leben. Ich sage: »oui, oui, oui.« Sie merkt immer noch nicht, dass ich kein Französisch kann, und ich merke es unterdessen selber nicht mehr. Ich denke dabei nicht nur, was ich will, ich denke auch, was ich nicht will. Zum Beispiel, dass sie mich komisch findet, dass sie mich sogar auslacht. Solche Gedanken verschwinden nicht, wenn ich sie los werden will. Sie tun ganz, was *sie* wollen.

Meine Schwester hat sich darüber geärgert, dass die Katze keine Antwort gibt, wenn sie sie etwas fragt. Sie hat sich bei Mutter über die Katze beklagt. Was mit der Katze los sei.

Vater, der eben dazukam, lachte und sagte: Das ist eine gute Frage.

Ich konnte nichts Gutes daran finden und finde auch jetzt nichts.

Ist die Katze dumm? fragte meine Schwester.

ANGENOMMEN,
DIESES GANZE
TIER IST
SCHON EINE
ANTWORT,
WELCHES IST DANN
DIE FRAGE,
DIE DAZU
PASST?

Mutter sagte, die Katze sehe nicht aus, als wüsste sie keine Antwort, sondern eher, als hätte sie die Antwort schon gegeben.

Meine Schwester fragte: Welche Antwort?

Vater sagte: Angenommen, diese Katze, die jetzt schläft und dann plötzlich hellwach ist, mit dem weichen Fell und den harten Krallen, angenommen dieses ganze Tier ist schon eine Antwort, welches ist dann die Frage, die dazu passt?

Eine Maus, sagte meine Schwester.

Vater und Mutter lachten. Sie hörten nicht mehr auf.

Manchmal bin ich überglücklich und weiß nicht recht, warum. Wie aus heiterem Himmel.

Wir kamen von der Schule, Beat, Marianne und ich. Ein Schuhband hatte sich mir gelöst. Ich blieb zurück um es zu binden. Da, wo ich mich bückte, stand ein Strauch voller Spatzen, ein lärmiger Haufen. Ich hörte plötzlich nichts anderes mehr als diesen Haufen, dieses Durcheinander. Ich war mittendrin und spürte ein Glück, ein Überglück, das nicht zu ertragen war. Ich sprang auf und lief den anderen nach. Als ich sie eingeholt hatte, war das Glück schon erträglich geworden.

Ich sitze am Gartentisch. Ich schreibe den Satz: *Heute ist das schönste Wetter meines Lebens.* Ich denke, das ist Unsinn, und dann unterstreiche ich den Satz erst recht.

Mutter hat mir drei französische Sätze vorgesagt und aufgeschrieben: »Comment tu t'appelles?« Wie heißt du? »Comment ça va?« Wie geht's? »Il fait beau aujourd'hui.« Es ist schön heute.

Ich wiederhole diese Sätze pausenlos. Das heißt, mein Kopf wiederholt sie, eine Stimme in der Mitte zwischen meinen Ohren. Wie ein Walkman, aber von innen.

ACHTES HEFT

Wir sind in der Wohnung herumgestanden, herumgesessen, herumgegangen wie verschiedene Tiere, die im selben Gehege leben.

Was ist los? habe ich gefragt.

Mutter sah aus, als würde sie im ganzen Leben keine einzige Frage mehr beantworten.

Sie hat einen Freund, sagte Vater.

Wer?

Mutter.

Wieso?

Vater atmete laut. Mutter schwieg. Meine Schwester ließ eine Tasse zu Boden fallen. Sie weinte nicht, sie machte sogar ein ausgesprochen trockenes Gesicht. Scheiße, sagte sie.

Mutter wischte die Scherben zusammen. Sie schien wütend oder beleidigt. Mit roten Wangen ging sie in die Küche und kam nicht mehr zurück.

Meine Schwester stellte den Fernseher an. Vater stellte ihn ab. Scheiße, sagte meine Schwester noch einmal.

Und das alles, weil Mutter einen Freund hat!

Wenn ich ihn mir vorstelle, diesen Freund, spricht er französisch. Er ist gutartig, aber nicht von hier, das sieht man ihm an. Er kommt von weit her. Er gleicht einem Indianer.

Das Wetter hat heute mehr als zwei t: Wettter, Wetttter. Es regnet aus allen Himmelsrichtungen. Die Menschen halten sich an ihren zerrissenen Schirmen fest. Ich bin seit einer halben Stunde von der Schule zurück und immer noch nass wie ein Fischotter.

Kranksein ist nicht ganz so, wie man glaubt. Unter Umständen hat man gar keine Schmerzen und spürt auch sonst nichts oder nur eine Falte im Leintuch. Oder man hat ein komisches Gefühl ohne ein Gefühl – wie nach einer Spritze, mitten in die Seele hinein.

Mir jedenfalls ging es so. Ich lebte wie in einem Schrank. Ich lag im Dunkeln hinter meinen geschlossenen Augenlidern. Weit draußen hörte ich die Tür, die Teetasse und die Stimmen von Mutter, Vater, Anna.

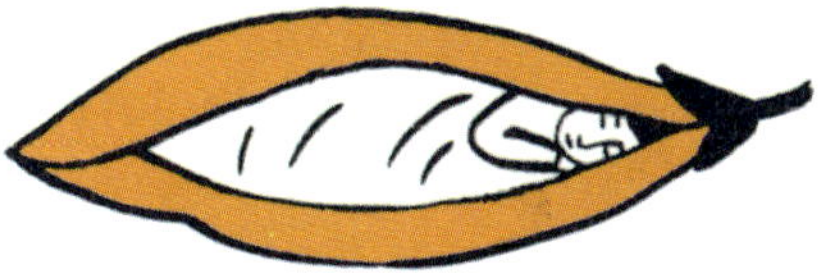

Einmal hörte ich meinen Namen. Mutter sagte: Wir reiten nach Amerika.

Amerika? hörte ich mich fragen.

Ja, Amerika.

Ich saß auf ihren Knien. Und Afrika? Das war wieder meine Stimme.

Auch. Auch Afrika.

Sind wir zurück, bis Vater nach Hause kommt?

Nein, wir bleiben über Nacht.

KRANKSEIN IST NICHT GANZ SO, WIE MAN GLAUBT. UNTER UMSTÄNDEN HAT MAN GAR KEINE SCHMERZEN UND SPÜRT AUCH SONST NICHTS ODER NUR EINE FALTE IM LEIN-TUCH.

Dann falteten wir Papierflugzeuge. Mutter sprach englisch, die Sprache der Piloten.

Du bist in den Wolken, sagte Vater zu ihr.

»Yes«, sagte sie.

Und einmal hat sie auch »oui« gesagt. Vielleicht zu ihrem Indianer.

Jemand redete über Seelendinge, über die Seele des Schnees.

Mutter sagte: Sie fließt davon, sie fließt davon.

Wer? hörte ich fragen. War ich es, der fragte? War es Vater? Vielleicht befand ich mich in einem Traum. Wir hatten uns, Vater, Mutter und ich, in einem Traum von mir getroffen.

Die Menschen schauten zu mir herab, in mein Bett, auf das Kissen, auf dem mein Kopf lag. Sie sahen, dass ich anders war, und sie machten sich Sorgen. Wer anders ist, dem fehlt etwas oder er hat etwas zu viel, sagte Vater.

Jemand sagte mit meiner Stimme: Auch andere Kinder bekommen Angst, wenn sie ausgelacht werden. Es tönte sehr laut wie aus einem Radio. Auch andere Kinder denken sich Dinge aus, vor denen ihnen dann graust. Auch andere Kinder sitzen auf dem Klo und kommen sich auf einmal elend und für immer verloren vor. Auch andere Kinder denken, sie seien anders als andere Kinder.

Dann wünschte Großpapa mir eine gute Besserung. Mutter dankte für mich. Ich war noch halb krank, halb spielte ich Kranksein. Ich tat es für Großpapa. Er war ja hergekommen, weil ich krank war um mir gute Besserung zu wünschen.

Anna hat mir ein Geschenk gemacht. Sie wickelte eine Puppe in ein Papier aus der Geschenkpapierschublade und gab sie mir. Ich wickelte sie aus und dankte. Dann hüllte ich meine Farbstiftschachtel in das Papier ein, verschnürte es zu einem Päckchen und gab es ihr. Sie dankte. Sie versuchte die Schnur zu lösen, doch es gelang ihr nicht. Sie wurde sauer.

Das Spiel geht auch ohne Schnur, sagte ich.

Das wollte sie aber nicht, weil eine Schnur oder ein Band ja eigentlich schon dazugehört.

So geht es einem, wenn man noch klein ist.

Ich schlief ein, mitten im Spiel, mitten in den Geschenkpapieren. Als ich wieder wach war, sagte Anna: Es schneit.

Das Mädchen heißt auf Französisch »la fille« und schwarz heißt »noir«. Ich sage zum Mädchen: »il neige« – es schneit. »Oui«, sagt sie. Wir verstehen uns ein wenig.

Weiß heißt »blanc«.

Ich saß in der Stube herum, nicht mehr krank, aber stumpfsinnig und müde. An das Gesundsein musste ich mich erst wieder gewöhnen. Ich schaute Vater zu, der einer Fliege zuschaute, die am Fenster saß. Als sie wegflog, schaute er in den verschneiten Garten. Mutter hatte ein Buch aufgeschlagen. Sie lehnte es an Vaters Rücken und las daraus vor. Sie lachte. Das Zimmer war voll Schneelicht. Ihre Gesichter sahen verschieden aus: seines bleich und trocken und trüb, ihres rötlich und wie neu. Sie schaute über Vaters Schulter und wartete auf ein Lachen von ihm. Ich stellte mir mein eigenes Gesicht vor und spürte darin ein nachdenkliches Gefühl, das bis über die Ohren reichte.

Die Müdigkeit wurde schwerer. In meinem Kopf hörte ich die Wörter »fille«, »noir« und »blanc«.

Die Müdigkeit ist auch so eine Art Glück. Man vergisst alles, langsam, eins nach dem andern. Vielleicht bleibt nur ein Wort, eines, »blanc«, und am Ende verschwindet auch das, als würde man innen ein Licht auslöschen. Man spürt nur noch die Stelle im Kopf, wo der Name gewesen ist.

Man kann sich zu allem leicht das Gegenteil ausdenken. Weiß zu Schwarz, groß zu klein, alt zu jung. Nicht zu allem, aber zu vielem. Zu Mutter fällt mir kein Gegenteil ein, zu unserer Katze auch nicht. Wie kommt das? Eine Frage, die Vater aufmuntern wird.

Heute ist mein Geburtstag. Ich bin lange unter meinen geschlossenen Lidern gelegen. Ich habe mir meine Geburt vorgestellt. Nur so im Großen und Ganzen. Und dann den ersten Tag. Wie ich mich fragte, woher er kam und wohin die Nacht ging. Die helle Welt wie ein Zimmer voll Betten. Wie jedes Ding seinen Schatten warf. Nur die Sonne warf keinen Schatten, sie warf das Licht.

Dann dachte ich mir das Gegenteil aus. Gegenteil oder sonst ein Teil. Das war so:

Als ich auf die Welt kam, war die Welt noch nicht da. Eine Leere, weit und breit. Ich stand nirgendwo und ich sah nichts. Es war ja auch finster. Ich wusste nicht einmal, ob ich stand oder lag. Keine Erde. Ich wusste nicht, ob ich schwamm oder flog. Kein Wasser. Und die Luft, die war eben erst angekommen, mit einem Windstoß. Nun atmete ich wenigstens. Ich merkte wohl, hier stimmte etwas nicht, ich wusste aber nicht, was. Dann wuchs plötzlich ein Boden unter meinen Füßen. Ich war so erleichtert, dass ich dachte, das sei's nun, das sei schon die Welt. Ich stand auf der steinigen Erde und war mit allem ziemlich einverstanden. Aber dann kam der Durst. Kurz bevor ich verdurstete, zogen Wolken herauf und es fing an zu regnen. Dann kam der Hunger. Doch ich gelangte rechtzeitig an eine Stelle, wo es schon reife Beeren gab. Ich sah diese Beeren, also musste inzwischen ein Licht aufgegangen sein. Dann kam das Alleinsein. Etwas stimmte noch nicht, noch gar nicht. Es war ein Gefühl fast wie Hunger. Wenn ich dann aber Beeren aß, spuckte ich sie wieder aus. Das war's nicht, merkte ich und wurde todtraurig. Keine Hoffnung. Ich hatte sie nicht verloren, ich hatte nie eine gehabt und nun fehlte sie mir. Da sah ich am Horizont auf einmal zwei Menschen und ein kleineres Tier. Es waren Mutter, Vater und unsere Katze.

So wurde die Welt nach und nach vollständig. Mehr oder

weniger. Manchmal habe ich immer noch das alte Gefühl, etwas stimmt nicht mit der Welt. Etwas Wichtiges ist noch unterwegs, so wichtig wie die Luft, die Erde, der Regen, das Licht, etwas Letztes fehlt noch. Anna kann es nicht sein, sie ist ja unterdessen dazugekommen. Auch sie hat die Welt vollständiger gemacht.

Jürg Schubiger, Dr. phil., 1936 in Zürich geboren, kam nach abenteuerlichen Umwegen zu einem Studium der Germanistik, Psychologie, Philosophie; war Redakteur und Verleger; lebt heute als Schriftsteller und Psychotherapeut in Zürich. Er veröffentlichte Geschichten und Romane, u.a. *Haus der Nonna. Eine Kindheit im Tessin* (1980), *Unerwartet grün* (1983), *Als die Welt noch jung war* (1995, ausgezeichnet mit dem Deutschen Jugendliteraturpreis und dem Schweizer Jugendbuchpreis), *Mutter, Vater, ich und sie* (1997) und *Wo ist das Meer?* (2000).

Rotraut Susanne Berner, geboren 1948 in Stuttgart, studierte in München Grafik-Design. Heute lebt und arbeitet sie als freie Künstlerin in Heidelberg. Sie hat zahlreiche Bücher gestaltet und illustriert. Bei Beltz & Gelberg erschienen zuletzt ihre Bilderbücher *Das Abenteuer* und *Märchenstunde*. Sie illustrierte auch *Als die Welt noch jung war* und *Wo ist das Meer?* von Jürg Schubiger.

Gulliver Taschenbuch 479

Programm Beltz & Gelberg, Weinheim

Einbandgestaltung von Rotraut Susanne Berner
Gesetzt nach der neuen Rechtschreibung
Gesamtherstellung Druckhaus Beltz, 69494 Hemsbach
Printed in Germany
ISBN 3 407 78479 1
1 2 3 4 5 05 04 03 02 01

Jürg Schubiger

Als die Welt noch jung war

Geschichten

Bilder von Rotraut Susanne Berner

Gulliver Taschenbuch (78393), 176 Seiten *ab 10*

Ausgezeichnet im Wettbewerb »Die schönsten Bücher« mit dem dritten Preis der Stiftung Buchkunst

Schweizer Jugendbuchpreis

Deutscher Jugendliteraturpreis

»Als die Welt noch jung war, mußte das Leben noch gelernt werden. Darüber fabuliert Jürg Schubiger in zauberhaften Geschichten. In wunderbar klarer und prägnanter Sprache erzählt der Autor über Himmel und Erde, Tiere und Menschen, märchenhafte Beziehungen und Veränderungen. Nichts in diesem Buch ist vorhersehbar, nichts so, wie wir es zu kennen glauben. Scheinbar alltägliche Dinge erhalten durch eine kindlich naive Sicht eine unerwartete Transparenz und Leichtigkeit. Die Illustrationen von Rotraut Susanne Berner nehmen diese Stimmung auf. Sie leuchten konkrete wie absurde Seiten des Textes aus, erzählen die Geschichten weiter. *Als die Welt noch jung war* vereint Text und Bild zu einer literarischen Kostbarkeit.«

Jurybegründung Deutscher Jugendliteraturpreis

Jürg Schubiger
Wo ist das Meer?
Geschichten
Mit Bildern von Rotraut Susanne Berner
Gebunden (79806), 128 Seiten *ab 10*

Wo ist das Meer? Da, wo Kolumbus Indien sucht, wo die großen Schiffe versinken, wo einem, ohne zu blinzeln, ein Fisch ins Auge schaut, wo es aussieht wie auf dem Mond, wo der Mond aussieht wie das Ei der Nacht, wo man sich fragt, ob man umkehren soll oder nicht, wo man nicht umkehrt, weil es schauderhaft schön ist.
Verrückt geht es zu in Schubigers Geschichten. Kinder verstehen das und haben ihren Spaß daran.